Die Pfründner

Ferdinand von Saar

I

Es war im Vorfrühling. Einige außergewöhnlich schöne und warme Tage hatten in dem Garten des Versorgungshauses für Ortsarme den Rasen zum Grünen und an den Bäumen und Gesträuchen die Knospen zum Schwellen gebracht, ja an dem vernachlässigten Aprikosenspalier längs der Feuermauer des anstoßenden Hauses waren schon weiße Blüten zum Vorschein gekommen. Aber ein plötzlicher Wetterumschlag war erfolgt, und nach starken Regengüssen begann ein rauher Nordwest von der nahen Türkenschanze herüberzufegen. So war denn der Garten, wo sich alte bresthafte Leute schon gehend oder sitzend gesonnt hatten, wieder winterlich verödet. Nur der Pfründner Karl Schirmer betrat ihn noch nach der kärglichen Mahlzeit, die er in einer benachbarten kleinen Gastwirtschaft einzunehmen pflegte. Er wandelte dann trotz der feuchten Kälte, die sehr empfindlich in seinen von mehrfachen Übeln angegriffenen Körper eindrang, auf den verlassenen Pfaden umher. Denn er fühlte sich da unten doch wohler als oben im Hause, wo ihm die Stubengenossen sein jämmerliches Dasein nur noch mehr verbitterten.

So war er auch jetzt wieder, die Schöße des abgetragenen Oberrockes fester an den Leib haltend, in seinem einsamen Rundgang begriffen, als er plötzlich auf entfernterer Bank eine weibliche Gestalt sitzen sah, die vom Kopf bis über die Hüften hinab in ein altes wollenes Tuch gewickelt war. Da er sie nicht kannte, so wollte er, ohne sie weiter zu beachten, an ihr vorübergehen. Als er aber doch näher hinblickte, schien ihm das schmale blasse Antlitz, das aus der Umhüllung halb zum Vorschein kam, nicht ganz fremd zu sein. Er blieb stehen und betrachtete das Weib forschend. Auch sie sah ihn mit sanften blauen Augen an.

»Ich sollt' Sie kennen«, sagte er.

»Freilich kennen S'mich, Herr Schirmer. Und ich hab' Sie auch gleich kennt. Schon von weitem an Ihrem Gang.«

»Jesus!« rief er aus. »Sie sind ja –«

»Die Rosi bin ich, die bei Ihnen im Dienst war.«

»Mein Gott, die Rosi! Ja,ja, das ist das alte liebe G'sicht –«

»Alt ist's freilich worden – und ich auch.«

»Na, wir sind's alle zwei worden. Aber was machen S'denn da, Frau – Frau –«

»Weigel«, ergänzte sie.

»Richtig! Warten S'auf jemand, Frau Weigel?«

»Warten? Ich bin ja da in der Versorgung.«

»In der Versorgung? Ich hab' Sie aber noch nie g'seh'n.«

»Ich war im Spital. Fünf Monat'. Aber sein denn Sie auch –?«

»Freilich«, erwiderte er mit bitterem Lächeln. »Seit'm neuen Jahr bin ich da.«

»Mein Gott, Herr Schirmer wie sein S'denn nur so weit – G'hört hab' ich wohl schon lang, daß 's Ihnen schlecht geht– –«

»Aber so schlecht, hätten S' Ihnen doch nicht denkt. Na, da wär' viel drüber z' reden.«

»Sie waren halt immer z' gut, Herr Schirmer. Viel z'gut –«

»Ah was, z'gut!« unterbrach er sie. »Dumm bin ich mein Lebtag g'wesen – und schwach. Drum bin ich auch z'grund gangen.«

»Und die Frau«, fragte sie zögernd, »ist die g'storben?«

»Die lebt. Und ganz lustig auch noch – bei ihrem alten Liebhaber in Grinzing. Aber wie ist's denn mit Ihnen? Sie haben ja damals eine ganz gute Partie g'macht. Ihr Mann war ja Werkführer in der Parkettenfabrik.«

»Ja, das war er. Und es ist uns die erste Zeit ganz gut gangen. Aber da ist der Teufel in ihn g'fahren. Er hat ein eigenes G'schäft anfangen wollen – in Favoriten. Aber es hat sich gar nicht rentiert, und wir sind mehr und mehr herunterkommen. Und da hat er z' trinken ang'fangen bis das Letzte vertrunken war, so daß ich nach sein' Tod im Elend z'ruckblieben bin.«

»Also Witwe. Haben S' Kinder?«

»Keine. Um eins bin ich kommen. Seit der Zeit bin ich auch nimmer recht g'sund g'wesen. Hab' mir daher auch nix verdienen können.

Nach allem Möglichen hab' ich g'riffen. Z'letzt bin ich ins Bedienen gangen. Aber ich hab's nicht leisten können und hab' froh sein müssen, daß s' mich als Zuständige da aufg'nommen haben.«

Er betrachtete sie teilnehmend. Die Sonne warf eben jetzt aus grauen Wolken heraus einen leuchtenden, wärmenden Strahl über den Garten.

»Arme Frau«, sagte er leise, während er sich mit halbem Leibe neben ihr auf die Bank niederließ. »Und im Spital waren S'?«

»Grad bin ich 'rauskommen.«

»Was hat Ihnen denn g'fehlt?«

»Ganz ein' eigene Krankheit. Auf der schwarzen Tafel über meinem Bett war's aufg'schrieben. Ich kann mir's nicht merken.«

»Haben S' Schmerzen g'habt?«

»Schmerzen just nicht. Aber fast am ganzen Leib war ich steif. Ich hab' schon nicht mehr gehn können. Das ist drin besser worden durch die vielen Bäder und das Massieren. Da haben s' mich auch wieder 'rausg'schickt. Aber die Arm' kann ich noch immer nicht recht bewegen, und die Händ' sind wie aus Holz. Schau'n S' nur her.« Sie zog unter dem Tuche eine aufgequollene, mißfarbige Hand hervor, deren Finger eigentümlich gekrümmt waren.

Er befühlte sie zaghaft. »Mein Gott, wirklich wie aus Holz«, sagte er. »Aber trösten S's Ihnen. Wenn die Füß' besser worden sind, können's die Händ' auch werden.«

Sie schüttelte den Kopf. »Das hoff' ich nicht. Die Arzt' haben selber g'sagt, daß ich die Sach' nimmer ganz losbringen werd'. Und manchmal krieg' ich auch solche Zuständ'. Da schnürt's mir den Kopf und die Brust z'samm', daß ich jetzt und jetzt glaub', es ist meine letzte Stund'!«

Er seufzte tief auf. »Schrecklich! Die Krankheiten, die's auf der Welt gibt! Was ich alles hab', kann ich Ihnen gar nicht sagen.«

»Ja, sein S' denn nicht g'sund?«

»G'sund?! Ein Krüppel bin ich, ein elender Krüppel!«

Sie blickte ihn erstaunt an. Sein gut gefärbtes Gesicht, seine noch hellen, nur an den Lidern etwas entzündeten Augen schienen diesen Jammerruf Lügen zu strafen. »Aber anmerken tut man Ihnen nix«, sagte sie. »Sie hab'n sich fast gar nicht verändert seit damals. Grau – oder eigentlich weiß sind S' freilich worden.«

»Das ist's ja, was mein Elend noch ärger macht«, versetzte er. »Wenn mich einer so anschaut, glaubt er gar nicht, daß ich krank bin. Denn von den Martern, die ich ausz'steh'n hab', weiß er nichts. Umbracht haben s' mich freilich noch nicht. Aber auf ja und nein kann's kommen, daß man mich ins Spital 'neinschleppt und unters Messer liefert. In Gott'snamen! Denn da herin ist's so nicht mehr zum Aushalten.«

Sie blickte mit beistimmendem Kopfnicken vor sich hin. »Wo sind S' denn?« fragte sie dann. »Oben oder unten?«

»Oben«, sagte er mit bitterem Hohn. »Sie haben mir ja die Ehr' antan und mich ins Herrenzimmer geben. Aber ich wär' viel lieber unten bei die alten Schnapsbrüder.«

»Das glaub' ich. Denn da oben sind S' ja mit dem Weißeneder beisammen.«

»Ja, das ist einer! Möcht' wissen, wo der Kerl den Hochmut hernimmt. Er behandelt einen grad so, als wär' man sein Bedienter. Und die andern zwei, die noch im Zimmer sind, stoßen in sein Horn. Denn er ist nun einmal der Stubenvater, mit dem sich's keiner verderben will.«

»Unten bei die Weiber ist's auch nicht viel besser. Da führt die Professerstochter 's Regiment. Die ist der reine Satan. Auf mich hat sie's seit jeher abg'sehn g'habt.«

»Mich kann s' auch nicht leiden. Die alte Hex' möcht' haben, daß man ihr in einem fort Schönheiten sagt. Das bring' ich nicht übers Herz. Aber der Weißeneder halt's mit ihr. Man sollt's nicht glauben.«

»Er weiß schon, warum er's tut. Bei dem gibt's nix umsonst. Vor die zwei muß man sich in acht nehmen. Drum fürcht' ich mich auch jetzt, 'neinz'gehn, und hab' mich da im Garten niederg'setzt.«

»Ja, wir haben's gut troffen, liebe Frau Weigel. Aber was woll'n wir machen? Müssen's halt aushalten, so lang's geht. Aber wissen S', mir ist's völlig ein Trost, daß wir jetzt beieinander sind.« Er langte nach ihrer Hand, die sie wieder unter das Tuch gezogen hatte, und drückte sie sanft, eingehüllt, wie sie war.

Eine Kirchturmuhr schlug in der Ferne.

»Zwei Uhr«, sagte er, sich rasch und ängstlich erhebend. »Ich muß 'nauf, Karten spielen. Ich wüßt' nicht, was mir zuwiderer wär'! Ich verlier' dabei meistens meinen letzten Kreuzer. Aber ich kann mir nicht anders helfen, sonst seckieren s' mich wieder bis aufs Blut. B'hüt Ihnen Gott derweil, Frau Weigel.«

Sie blickte ihm mit gesenktem Haupte nach. Der Himmel hatte sich inzwischen etwas aufgeheitert. Helles Blau kam über dem Garten zum Vorschein, und sonnige Lichter umspielten die Bank, auf der sie noch eine Weile in Gedanken versunken sitzen blieb. Endlich, mit sichtlich schwerem Entschlusse, erhob sie sich mühsam, nahm das Bündel auf, das neben ihr unter dem Tuch gelegen hatte, und bewegte sich der Weiberabteilung zu, die sich im rechten Erdgeschoß des Hauses befand.

II

Karl Schirmer oder, wie er früher stets genannt wurde, der »Schirmer Karl« war eine jener im Grunde des Herzens ehrlichen, aber willensschwachen und kleinmütigen Wiener Naturen, wie sie noch heute nicht bloß als atavistische Erscheinungen vorkommen. Von seinem Vater, einem wohlhabenden Holzhändler an der Donaulände, hatte er Tatkraft und Betriebsamkeit nicht ererbt; der Sohn war mehr der Mutter nachgeraten, die eine sinnenfrohe, sorglose und in ihrer Weise sentimentale Frau gewesen. Ihr erstes und einziges Kind, ihren Karl, liebte sie abgöttisch und hatte seinetwegen, nachdem ihr Mann plötzlich am Herzschlag verschieden war, nicht wieder geheiratet, obgleich es der noch immer stattlichen Witwe an Bewerbern nicht gefehlt haben mochte. Der Geschäftsführer jedoch, der notgedrungen aufgenommen werden mußte, verstand es, sich bei ihr in Gunst zu setzen, so daß sie nach und nach fast ganz unter die Botmäßigkeit dieses rohen, dem Trunke nicht abholden Mannes kam. Nur in allem, was ihren Karl betraf, gab sie nicht nach und verteidigte ihn oft wie eine Löwin ihr junges gegen die derben Erziehungsversuche des Halbgatten. Infolgedessen kam es, daß der Knabe den Geschäftsführer haßte und, das Unlautere der häuslichen Verhältnisse instinktiv heraushfühlend, die Mutter trotz ihrer Zärtlichkeit nicht sonderlich liebte. So wurde er gewohnt, in sich selbst hineinzuleben. Er suchte entlegene und einsame Räume des Hauses auf oder versteckte sich draußen zwischen dem hoch aufgeklafterten Holze, wo er oft stundenlang ohne jede Beschäftigung zubrachte. Auch das Spielen mit anderen Knaben freute ihn nicht. Denn die Kinder in der nächsten Umgebung waren nicht die feinsten und hatten ihn gleich bei den ersten Begegnungen tüchtig durchgebläut. Diesem inhaltslosen Jugenddasein entsprechend war auch sein Bildungsgang. Um einst das Geschäft zu übernehmen, brauchte er in jener Zeit nur lesen, schreiben und rechnen zu können, und das lernte er ja zur Not in der Normalschule, in die man ihn schickte. Endlich kam es auch dahin, daß er versuchen mußte, sich ein wenig im Geschäft umzutun und in die Bücher und Rechnungen Einsicht zu nehmen. Sooft er sich aber dazu anschicken wollte, wurde ihm diese Bemühung durch die Art und Weise des Geschäftsführers derart verleidet, daß er immer froh war, die Schreibstube wieder hinter sich zu haben. Schließlich beschränkte er sich darauf, bei dem Ausladen des Holzes gegenwärtig zu sein, das auf Schiffen oder Flößen die Donau herunter kam; aber er hatte da mehr den blauen Himmel und die grünen Baumwipfel der Brigittenau im Auge. Hingegen kam er durch nachbarliche und sonstige Beziehungen nach und nach in recht lockere Gesellschaft. Die Söhne wohlhabender Bürgerfamilien, die in den angrenzenden Vororten ihren Sitz hatten, wußten damals nichts Besseres zu tun, als es in ihrer Weise »umgehen« zu lassen. Sie kannten die besten Heurigenschenken, wo sie schon vormittags zu finden waren, und nachmittags fuhren sie in feschen Zeugeln in den Prater oder sonstwohin, wo es eine »Hetz'« gab. Auch nachts waren sie um Unterhaltung nicht verlegen und trafen in Lokalen zusammen, wo ihnen »saubere Madeln« Gesellschaft leisteten. Und der Schirmer Karl mußte mittun, ob er nun wollte oder nicht. Eigentlich wollte er nicht, denn er saß am liebsten für sich allein am Ufer des Kanals und fischte. Aber da kam ihm die ganze Rotte lärmend ins Haus gefallen und zog ihn mit Gewalt fort. So gewöhnte er sich allmählich, widerstandslos wie er war, Wein zu trinken, der ihm gar nicht mundete, und ließ sich ohne Vergnügen mit Frauenzimmern ein, die ihm schön taten, um ihm sein Geld abzunehmen. Dieses Leben ging so fort, bis seine Mutter, die zu kränkeln begonnen hatte, eines Tages starb. Nun war er wirklich der Herr. Statt aber den unleidlichen Geschäftsführer abzuschaffen, behielt er ihn der lieben Bequemlichkeit halber bei; er hatte sich ja auch überzeugt, daß der Mann insofern ehrlich war, als er nicht allzuviel für sich selbst auf die Seite brachte. Und es dauerte nicht lange, so heiratete der Schirmer Karl auch. Denn als er wieder einmal mit den Kumpanen beisammen war, hatte ihn der junge Menzinger – er hieß Franz – mit der Hand derb auf die Achsel geschlagen und gesagt : »Du, Karl, du mußt meine Schwester heiraten.« Dem Überraschten gefiel diese Schwester gar nicht. Sie war ihm hin und wieder flüchtig begegnet, wobei er gefunden hatte, daß sie nicht übel gewachsen war. Aber ihr Gesicht mit dem langen, vorspringenden Kinn und den starren schwarzen Glaskugelaugen hatte ihm mißfallen und ihre scharfe, schnarrende Stimme nicht bloß im Ohr weh getan. Aber der Menzinger Franz hatte ja gesagt und in nächster Zeit immer wiederholt, daß er sie heiraten müsse – und so tat er's. Es wurde ihm auch von verschiedenen Seiten sehr wohlmeinend erklärt, daß die Menzinger Theres wenigstens zehntausend Gulden mitbekommen werde, die doch im Geschäft sehr nutzbringend angelegt werden könnten. Und überdies: er sah ein, daß er eine Hausfrau brauche, denn es sah bei ihm schon recht unordentlich aus. Er freute sich, daß es nunmehr mit der wüsten Tagdieberei und Zecherei ein Ende haben und er in der Lage sein würde, endlich das Geschäft wirklich in die Hand zu nehmen. Er war dazu um so mehr gezwungen, als ihm der bisherige Leiter, der sein Schäflein ins trockene gebracht, den Dienst gekündigt hatte. Aber die behagliche Häuslichkeit, auf die er gerechnet, wollte sich nicht einstellen. Denn kaum daß die Honigmonde – wenn es wirklich solche waren – ihr Ende gefunden hatten, mußte er erkennen, daß die Menzinger Theres eher an alles andere dachte als an die Pflichten einer sorglichen Ehegattin. Sie wollte sich beständig unterhalten und zwang ihn, sie an öffentliche Vergnügungsorte zu führen, wobei sie sich an auffallendem Putz nicht genugtun konnte. Und als er endlich bescheidenen Einwand erhob und meinte, so könne das Leben nicht weitergehen, da erwiderte sie sehr gereizt, ob er denn glaube, daß sie ihn geheiratet habe, um mit ihm in der »Hütten« zu sitzen. So nannte sie mit Vorliebe das zwar niedere, aber sehr weitläufige Schirmersche Haus. Und was ihren Kleideraufwand betraf, so wies sie auf ihre Mitgift hin, die übrigens noch immer unverzinst bei Vater Menzinger steckte. Und als das Leben in der Tat nicht mehr so weiterging, wurde sie mürrisch, zänkisch und erklärte ihm bei jeder Gelegenheit, daß er das Geschäft nicht verstehe. Dieser Vorwurf traf ihn um so schmerzlicher, als er auf Wahrheit beruhte; er selbst sagte es sich ja oft genug im stillen. Und es wurde von Jahr zu Jahr schlimmer. Zwischendurch kam freilich etwas, um das sinkende Schiff wieder zu heben. So zuweilen eine große Bestellung auf Bauholz, da ja die Stadterweiterung mehr und mehr in Zug kam. Aber im ganzen wollte das nicht viel besagen, und der einst so blühende Handel schleppte sich nur mühselig dahin. Und das Leben Schirmers wurde danach. Seine Frau kümmerte sich mit unverhohlener Verachtung immer weniger um ihn. Sie hatte sich ein paar flotte Freunde ins Haus gezogen, darunter einen reichen, vierschrötigen Weingärtenbesitzer aus Grinzing. Mit diesen Freunden, die immer mit Wagen angesaust kamen, fuhr sie über Land oder in die Stadt hinein, wo man gemeinschaftlich Theater besuchte oder zu Volkssängern ging, die sich gerade besonderer Beliebtheit erfreuten. Ihr Mann nahm sich das nicht sonderlich zu Herzen. Er hatte sie ja nie geliebt und war eigentlich froh, daß er jetzt abends allein sein und, wenn es die Jahreszeit erlaubte, wieder seinem alten Vergnügen, dem Angeln, nachhängen konnte.

Um diese Zeit traf es sich, daß ein neues Dienstmädchen ins Haus kam. Sie hieß Rosalie Eder und war die Tochter eines Gemeindedieners. Schlank und zart gebaut, sah sie mit gesundblassen Wangen, blondem Kraushaar und mit großen Augen, die wie Kornblumen leuchteten, jünger aus, als sie wirklich war, denn sie mochte schon ziemlich tief in den Zwanzigern stehen. Sie hatte ein stilles, etwas schwermütiges Gehaben. Manchmal begann sie ganz leise vor sich hin zu trällern, verstummte aber gleich wieder, gewissermaßen vor sich selbst erschreckend. Es war kein Wunder, daß sie dem Vereinsamten von Tag zu Tag besser gefiel. Sie führte ihm ja eigentlich das Hauswesen und kam ihm daher oft genug vor Augen. Ihr Anblick erfüllte ihn immer mit Freude, aber auch mit Schmerz. »Wenn das meine Frau wäre!« sagte er zu sich selbst. »Wie glücklich wär' ich!« Und er konnte auch bemerken, daß ihn das Mädchen keineswegs gleichgültig ansah. Vielmehr lag etwas wie zärtliche Teilnahme in ihrem sanften Blick. Ja, ein anderer als der Schirmer Karl hätte nicht viel Federlesens gemacht und sie, wenn sie ihm so mit halbentblößten Armen das Essen auftrug, herzhaft an sich gezogen. Er jedoch tat es nicht. Wohl kaum aus moralischen Bedenken. Aber er war eine ängstliche Natur, und als solche bedachte er die Folgen. »Ich bin ein verheirateter Mann«, sagte er sich, »was sollte daraus werden?« So unterließ er es, seine Neigung kundzugeben; ja er schlug immer die Augen nieder, wenn er notgedrungen mit der Rosi reden mußte. Einmal nur, als sie ihm wieder das Nachtmahl vorsetzte, konnte er sich nicht enthalten, ihre Hand zu ergreifen, die trotz aller harten Arbeit stellenweise ganz blühweiß aussah, und sie eine Zeitlang festzuhalten. Aber er sah dabei dem Mädchen nicht in das erglühende Gesicht und sagte kaum hörbar, denn es verschlug ihm die Stimme: »Rosi, ich hab' Sie so gern.« – »Ich hab' Ihnen auch gern, Herr Schirmer«, erwiderte sie still. Dabei blieb es. Aber der Schirmer fing jetzt zu leiden an. Denn seit er die sanfte Wärme ihrer Hand gespürt, kam immer stärkere Sehnsucht über ihn, die er nur mit Gewalt zu unterdrücken vermochte. Er konnte kaum mehr das Essen hinunterbringen, das sie ihm vorsetzte. So atmete er fast wie befreit auf, als die Rosi eines Tages den Dienst kündigte. Sie werde heiraten, sagte sie. Einen Werkmeister in der Nußdorfer Parkettenfabrik. Als sie Abschied nahm, seine Frau war zufällig auch dabei, sprach er halb abgewandt: »Werden S' recht glücklich, liebe Rosi.«

Er aber wurde jetzt immer unglücklicher. Denn bald nachdem Rosi das Haus verlassen und einer derben, grobknochigen Magd den Platz geräumt hatte, erlitt er im Geschäft einen furchtbaren Verlust. Ein unternehmender Architekt hatte von ihm eine Unmasse Bauholz auf Kredit bezogen. Eines Tages entleibte sich der Mann, und es stellte sich heraus, daß seine Gläubiger das leere Nachsehen hatten. Am ärgsten war Schirmer getroffen, und er erkannte, daß er nun selbst vor dem vollständigen Ruin stehe. Man riet ihm auch gleich von mehreren Seiten, Konkurs anzumelden, damit er doch vor dem unvermeidlichen Zusammenbruch noch einiges für sich selbst errette. Aber das ging dem Schirmer gegen das Gefühl. Dazu war er im Grunde zu ehrlich oder zu wenig gescheit; auch hatte er in seiner angeborenen Ängstlichkeit seit jeher eine große Scheu vor allen gerichtlichen Verhandlungen empfunden. Er rechnete und fand, daß er sämtlichen Verpflichtungen doch zur Not nachkommen könne, wenn er seinen ganzen Besitz einem Käufer überließ, der sich angeboten hatte. Die Familie seiner Frau und diese selbst widersetzten sich aufs heftigste. Sie gaben ihm alle möglichen Namen, mit denen man den Mangel an gesunden fünf Sinnen zu bezeichnen pflegt. Aber es nützte nichts: er blieb fest. Hinterlistige Machenschaften waren nun einmal gegen seine Natur, und aus dieser konnte er trotz aller Schwäche nicht herausgebracht werden. Er schloß also den Handel um so mehr ab, als ihm der Käufer eine kleine Wohnung im rückwärtigen Teil des Hauses zusicherte und ihn, da ihm doch alte Einzelheiten des Geschäftes bekannt waren, zum vorläufigen Leiter gegen einen allerdings geringen Monatslohn in seine Dienste nahm. Das war nun freilich ein Anlaß für die Frau, zu erklären, daß sie unter solchen Umständen nicht länger bei ihm bleiben könne. Er war es auch ganz zufrieden und überließ ihr das Heiratsgut, das ja noch immer nicht ausbezahlt worden war. Sie aber ging zu ihrem Freunde, dem Grinzinger Weingärtenbesitzer, um ihm, dem Unbeweibten, die Wirtschaft zu führen.

So eng und dürftig sich jetzt auch die Verhältnisse Schirmers gestalteten, er fühlte sich doch zum erstenmal im Leben glücklich. Denn er war jeder persönlichen Sorge ledig und hatte nur darüber zu wachen, daß sich die Arbeiten im Geschäfte ordentlich vollzogen. Und da war es merkwürdig, wie wohltätig die Erfüllung einer einfachen, aber bestimmten Pflicht auf den wenig umsichtigen Mann wirkte. Was er in seiner Jugend, träg und zerstreut, wie er gewesen, nur mißmutig getan, dem kam er jetzt mit Lust und Liebe nach. Er kannte zu dieser Zeit kein besseres Vergnügen, als auf dem Holzplatze oder am Kanalufer zu stehen, das Ab- und Aufladen genau zu überwachen und oft genug selbst mit Hand anzulegen. Die Arbeitsleute, die ihn, solang er noch der Herr war, mehr oder minder über die Achsel angesehen, bekamen jetzt Respekt vor ihm. Sie fanden es schön, daß er sich so willig selbst zur Arbeit herbeiließ, und fühlten eine Art ehrfürchtigen Mitleids mit ihm. So war auch der neue Besitzer mit ihm zufrieden und war froh, ihn zur Hand zu haben. Er aber lebte gleichfalls in Zufriedenheit seine Tage hin, stand frühmorgens auf, nahm seine schlichten Mahlzeiten in dem nahen Strandwirtshause »Zum König von Bayern« und ging früh zu Bett, um den Schlaf des Gerechten zu schlafen.

So verstrich Jahr um Jahr, und er würde sich kein anderes Los gewünscht haben, wenn sich nicht körperliche Leiden eingestellt hätten. Seine Gesundheit, ob er auch seit jeher, wie ihm immer gesagt wurde, vortrefflich aussah, war niemals eine sehr feste gewesen. Er hatte immer zu Erkältungen geneigt, und seit er nun fast den ganzen Tag bei jedem Wetter im Freien zubringen mußte, wurde er mehr und mehr von Katarrhen und rheumatischen Schmerzen befallen. Auch hatte er sich, als er beim Heben eines sehr schweren abgeholzten Stammes mithalf, einen Schaden am Leibe zugezogen, den er, indolent, wie er war, anfänglich nicht beachtete. Nach und nach aber wurden die Beschwerden immer größer, und der endlich zu Rate gezogene Arzt konnte ihm nur mehr Vermeidung jeder körperlichen Anstrengung verordnen. Das war nun leichter gesagt als getan, und so schleppte er sich mit dem stetig zunehmenden Übel mühselig dahin. Eines Morgens aber konnte er nicht mehr aufstehen. Sein linkes Bein war während der Nacht plötzlich von einer heftigen Ischias ergriffen worden, die ihn wochenlang ans Bett fesselte. Halbwegs genesen, vermochte er nur mit Hilfe eines Stockes zu gehen, und das erste feuchtkalte Herbstwetter warf ihn nochmals danieder. An fernere Dienstleistung war also nicht zu denken; jeder andere Brotherr als der seine würde ihn entlassen haben. Dieser aber empfand Mitleid und beließ dem gealterten Mann Wohnung und Gehalt, ohne weitere Anforderungen an ihn zu stellen. Die inzwischen herangewachsenen Kinder jedoch begannen den Alten, der hier das Gnadenbrot aß, mit scheelen Augen zu betrachten. Vor allen der älteste Sohn, der einst das Geschäft zu übernehmen hatte.

Er stellte dem Vater vor, daß es mit dem Schirmer nicht so weitergehen könne. Das Hinterhaus, in dem er wohnte, sei aufs äußerste baufällig und erheische dringend umfassende Reparaturen oder wäre noch besser durch einen den Verhältnissen entsprechenden Neubau zu ersetzen. Man solle also trachten, den Alten in einer Bürgerversorgung unterzubringen, worauf er ja vollen Anspruch habe. Er erhalte dann auch das normalmäßige Pfründnergeld, und so könne er seine Tage in Ruhe beschließen.

Das alles mußte sich Schirmer selbst sagen und erhob keinen Einspruch, als ihm sein Herr eines Tages mitteilte, er habe für ihn die Aufnahme in das Armenhaus der Gemeinde erwirkt. Er machte sich bereit, seine alte Heimstätte zu verlassen, und schied von ihr ohne besonderes Herzweh. Denn in dem Hause am Donaustrande, das einst sein Großvater erbaut, an den er sich, wie an seinen Vater, kaum mehr erinnerte, hatte er ja nur Schlimmes und Trauriges erlebt. Und bei seiner Gemüts- und Sinnesart würde er sich auch in der Versorgung ganz zufrieden gefühlt haben, wenn er dort abseits von den anderen Mitbewohnern hätte hausen können. Aber das gab's eben nicht. Denn selbst das Herrenzimmer im ersten Stockwerk, wohin man ihn aus besonderer Rücksichtnahme versetzt hatte, war für vier Insassen bestimmt. Er mußte also mit noch drei anderen beisammen sein. Und diese drei Kumpane waren derart, daß sie ihm das bißchen Daseinsgefühl gründlich verleideten. Sämtlich aus guten Bürgerfamilien stammend, hatten sie es durch Leichtsinn so weit gebracht, daß sie ihre ererbten Geschäftsbesitze gründlich vertan hatten. Mit verschiedenen späteren Unternehmungen hatten sie, nicht sehr bedenklich in der Wahl der Mittel, ihr Dasein zur Not weiter gefristet, bis sie endlich, auf Namen und Verdienste ihrer Vorvorderen pochend, in den Hafen der Versorgung eingelaufen waren. Diese geriebenen Leute hatten sehr bald erkannt, daß ihr neuer Genosse im Grunde des Herzens schwach und furchtsam war, und betrachteten ihn als willkommene Beute ihrer niedrigen Gesinnungen. Sie waren roh und herrisch gegen ihn, legten ihm allerlei auf, wozu er keineswegs verpflichtet war, und nahmen ihm bei erzwungenem Kartenspiel sein Geld ab. Auch sonst schikanierten sie ihn in jeder Weise. Besonders durch rücksichtsloses und boshaftes Bewerkstelligen von Zugluft, gegen die der an Rheumatismus Leidende ungemein empfindlich war.

Das Haupt dieses Dreibundes war ein alter hagerer Wiener *Biz* mit einem frechen Gesicht und dünnen, an den Schläfen nach vorn gestrichenen grauen Haaren, der einst im Orte ein großes, sehr gut besuchtes Kaffeehaus besessen hatte. Auf diese Vergangenheit war Herr Weißeneder noch immer sehr stolz, wobei er jedoch vergaß, daß er später als Kognak- und Zigarrenagent verschiedener Unredlichkeiten halber einige Monate im »grauen Hause« gesessen hatte. Trotzdem war er jetzt als Ältester Stubenvater, eine Würde, die er mit großtuerischem Wesen ausnützte. Da er mit einer Venenerweiterung an den Beinen behaftet war, so blieb er meist den ganzen Vormittag im Bette, wobei er Schirmer alle möglichen Handreichungen auferlegte. Nachmittags aber suchte er seine Freundin in der Weiberabteilung auf. Diese Freundin, namens Leontine Hanstein, wurde allgemein nur die Professorstochter genannt. Ihr Vater hatte im Laufe der vierziger Jahre ein Knabenpensionat unterhalten, das sich eines sehr guten Rufes erfreute. Die anmutige Lage des Ortes, das Haus mit großem Garten, in dem es sich befand, bewog wohlhabende Eltern in der Provinz, ihre Söhne auf die Dauer der Lernzeit dort unterzubringen. Herr Hanstein verdiente also ein hübsches Stück Geld, und als er als Witwer starb, fand sich auch ein nicht ganz unbeträchtliches Vermögen vor. Die Tochter aber, sein einziges Kind, brauchte es in ganz kurzer Zeit auf. Denn sie war vergnügungs- und gefallsüchtig und stets bemüht, ihrer zweifelhaften Schönheit durch ungemessenen Putz aufzuhelfen. Sie ließ sich in törichte Liebeshändel ein, die immer im Sand verliefen, bis sie endlich ein unternehmender Heiratsschwindler um den Rest ihrer Habe brachte. Nun war guter Rat teuer, und die alternde Kokette mußte mit ihren nicht ungeschickten Händen zu erwerben trachten. Sie erhielt Arbeit in einem Damenmodegeschäft. Aber sie blieb nicht lang bei der Stange und geriet mehr und mehr auf unsaubere Abwege, bis sie endlich, körperlich gebrochen und wirklich erwerbsunfähig, hier unterkriechen konnte. Aber eine Liebesnärrin, wie sie war, wollte sie noch immer gefallen und suchte sich mit gefärbten Haaren und falschen Zähnen den Anschein von Jugendlichkeit zu geben. Herr Weißeneder benützte diese Schwäche und spielte sich als Liebhaber auf, um sie zu allerlei Unterhaltungen führen zu können, wobei sie ihn natürlich freihalten mußte. Denn sie setzte auch in der Versorgung das langbetriebene Geschäft des Schreibens von Bettelbriefen fort, die meist an ehemalige, jetzt in hervorragenden

Lebensstellungen befindliche Schüler ihres Vaters gerichtet waren und nicht seiten ganz erkleckliche Unterstützungen eintrugen. Den Schirmer aber haßte sie, weil er ihr die Huldigung, die sie von jedem neuen Ankömmling im Herrenzimmer erwartete, nicht dargebracht hatte.

So war denn im ganzen Hause keine Seele, die dem Ärmsten wohlwollte; die alten Leute, die unten in der gemeinsamen Männerabteilung zusammengepfercht waren, hatten ja auch nur scheele Blicke für die bevorzugten Oberen. Nun aber war plötzlich ein Sonnenstrahl in das öde Dunkel seines Daseins gefallen. Frau Weigel, die Rosi, war mit ihm unter einem Dache. Nun hatte er jemand, mit dem er einmal vom Herzen weg reden konnte. Und er würde jetzt täglich das liebe gute Gesicht erblicken, das sich im Laufe der Jahre trotz Not und Krankheit nur wenig verändert hatte. Ein Gefühl aus der Zeit, da er mit ihr zusammen gewesen, überkam ihn. Es war wie ein Hauch der Jugend, der ihn anwehte, und leichter und schneller als sonst stieg er die Treppe zum Herrenzimmer empor, wo ihn, während Herr Weißeneder noch im Bette lag, die beiden anderen Kumpane schon zum Tarock erwarteten. Da er an Rosi dachte, spielte er noch schlechter als sonst und verlor zwei Sechser. Aber er war dabei ganz wohlgemut und fragte Herrn Weißeneder, als dieser endlich Anstalten machte, sich vom Lager zu erheben, ob er ihm nicht irgendwie behilflich sein könne.

III

Er konnte kaum den Augenblick erwarten, wo er die Rosi wiedersehen würde. Aber am nächsten Tage regnete es wieder, und auch in den nächstnächsten fand sich keine schickliche Gelegenheit. Denn auffällig wollte er es nicht machen, geschweige denn sie etwa in der Weiberabteilung aufsuchen.

Da geschah es, daß unten ein alter Mann vom Schlage gerührt wurde und starb. An dem Leichenbegängnis mußten sämtliche Pfründner teilnehmen. Sie gingen paarweise geordnet hinter dem mit einem abgeschabten Bahrtuch bedeckten Sarge. Zuerst die Männer, dann die Frauen, die sich, so gut es ging, in eine Art Trauerstaat versetzt hatten. Gleich hinter dem Geistlichen aber und einem Gemeindevorsteher, der von Amts wegen bei der kargen Feierlichkeit anwesend sein mußte, schritten, gewissermaßen als Oberhäupter der folgenden Schar, Herr Weißeneder und Fräulein Hanstein. Diese hatte sich einen alten schwarzen Krepphut mit schleißigen Schwungfedern aufgeputzt, die über ihrer verwitterten und windschiefen Gestalt hoch hin und her schwankten. Der frühere Kaffeehausbesitzer aber trug einen fragwürdigen, schief aufs Ohr gesetzten Zylinder und einen fadenscheinigen Leibrock, der vorn an der Brust mit brüchiger Seide ausgeschlagen war.

So bewegte sich der Zug zu dem Friedhof auf der Türkenschanze hinan, der erst seit einigen Jahren bestand und daher noch nicht viele Gräber aufwies; an einer großen Grufthalle für vornehme Tote wurde sogar noch gebaut. Nur im vordersten Teile drängten sich die Hügel aneinander, mit Blumen und Denksteinen geschmückt, während der übrige, weit bemessene Raum brach innerhalb der Umfassungsmauer lag. Links aber, nicht weit vom Eingang, befand sich das Schachtgräberfeld. Dort versenkte man die Armen, die keine eigene Ruhestätte bezahlen konnten und der Vergessenheit anheimfielen. Der Platz sah wüst genug aus. Eine holperige, von schütterem Graswuchs bedeckte Fläche, aus der hier und dort ein kümmerliches, rasch vergängliches Holzkreuz hervorragte.

Die Grube für den alten Mann stand schon offen. Der Priester machte nicht viele Umstände. Er sprach ein kurzes Gebet, schwenkte ein paarmal das Weihrauchfaß, die Anwesenden ließen jeder eine Schaufel Erde auf den Sarg niederpoltern – und die Sache war abgetan. Die Würdenträger entfernten sich so rasch wie möglich, denn da es ein schöner wolkenloser Tag war, so brannte die Sonne schon sehr empfindlich auf den Nacken. Auch die Pfründner zerstreuten sich. Die einen, um wieder nach Hause zu gehen, die anderen, vorwiegend Weiber, um die vornehmeren Gräberreihen zu besichtigen. Nur die Weigel verweilte noch, während der Totengräber das frische Grab zuwarf. So blieb auch Schirmer in einiger Entfernung zurück. Er sah, wie sie jetzt an ein großes Kruzifix herantrat, das mit einem Betschemel versehen und als gemeinsames Denkmal bei dem Gräberfelde angebracht war. Dort sank sie in die Knie, faltete die Hände, die in groben Handschuhen staken, und begann andächtig zu beten. Sie trug ein schwarzes Kopftuch, aus dem ihr schmales Antlitz mit der fein geschwungenen Nase licht hervorschimmerte. Rückwärts kam ein noch blonder Haarknoten halb zum Vorschein, der in der Sonne wie Gold glänzte. Wie schön sie noch immer ist! dachte Schirmer und war glücklich, sie betrachten zu können.

Jetzt aber bekreuzte sie sich und stand auf. Dabei fiel ihr Blick auf Schirmer, der ganz leise näher getreten war. »Sie sein da, Herr Schirmer?« fragte sie ein bißchen verwirrt.

»Schon die längste Zeit. Und hab' zug'schaut, wie andächtig Sie waren.«

»Ich hab' für meine Eltern bet't – und auch für mein' Mann«, erwiderte sie still. »Aber die anderen sind schon alle weg«, fuhr sie umherblickend fort.

» Ja. Und das ist gut. Da können wir doch ungeniert miteinander reden. Wie geht's Ihnen denn, Frau Weigel?«

»Mein Gott, wie soll's mir denn gehn? So im ganzen ist mir ein bissel leichter.«

»Sie schaun auch schon viel besser aus. Und schön sein S' auch noch immer.«

»Ach gehn S'«, sagte sie und wurde rot. Dann begann sie sich langsam in Bewegung zu setzen. Er blieb ihr zur Seite, und bald waren sie bei den stattlichen Gräberreihen angelangt, die jetzt schon wieder still und verlassen dalagen. Sie traten in eine hinein. Ein schwerer Duft von Hyazinthen und Narzissen, die auf den Hügeln blühten, schlug ihnen entgegen.

Sie betrachteten schweigend die Denksteine und die darauf angebrachten Skulpturen. Endlich sagte die Rosi:

»Ja, die Reichen, die können so schön begraben werden. Unsereins wird verscharrt wie ein Hund. Und doch wär's gut, wenn man schon da unten liegen möcht'.«

»Weiß Gott!« erwiderte er. »Ich hab' schon oft dran denkt, meinem elendigen Leben ein End' z'machen. Aber sehn S', Frau Weigel, seit Sie jetzt im Haus' sind, bin ich wie ausgewechselt. Das Leben freut mich wieder, denn mir ist, als wär' alles wieder wie damals. Erinnern S' Ihnen noch an die Zeit?«

Sie senkte den Blick. »Warum soll ich mich denn nicht erinnern? Es war ja so schön da unten an der Donau.«

»Und wissen S' noch, wie gern ich Sie g'habt hab'?«

»Ich weiß's. Aber es hat ja nicht sein können.«

»Es hätt' schon sein können. Aber wir haben uns nicht 'traut.«

Sie schüttelte leicht den Kopf. »Es hat nicht sein können, denn es hätt' sich nicht g'schickt. Schwer is mir g'nug worden. Es hat mir völlig 's Herz ab'druckt. Drum hab' ich auch den Weigel g'nommen, wie er um mich ang'halten hat.«

»Also deswegen. Und Sie sein so unglücklich mit ihm worden.«

»Die erste Zeit is angangen. Aber dann hat er mich mit Eifersucht g'martert. Und ich hab' ihm gar kein' Anlaß geben. Gern hab' ich ihn freilich nicht g'habt, und ich müßt' lügen, wenn ich sagen tät, daß mir nicht manchmal ein anderer g'fallen hätt'. Aber daß ich mich vergessen hätt' oder nur ein bisserl in was eing'lassen –, drauf hätt' ich jede Stund' die Hostie nehmen können. Er aber hat mir nicht glaubt, und wie's G'schäft immer schlechter gangen ist, hat er mich in sein'm Rausch g'schlagen.«

»G'schlagen? Arme Rosi! Ja, wir zwei haben's gut troffen in der Eh'. Aber wissen S', ich hab' mir schon die Tag' was ausdenkt. Wir sollten schaun, daß wir da aus der Versorgung 'naus kommen. Mit unserm

Pfründnergeld könnten wir vielleicht irgendwo z'sammenziehn. Wieviel haben S' denn?«

»Sieben Gulden.«

»Und ich fünfzehn. Das wären zweiundzwanzig im Monat. Da könnten wir uns schon ein Zimmer und ein Kucherl nehmen.«

»Ja, wenn ich g'sund wär'. Aber mein Gott, mit diese Händ'!« Sie hob sie empor. »Ich kann ja gar nichts anrühren. Und Sie sagen ja auch, daß S' krank sind. Das wär' eine schöne Wirtschaft. Und das Geld tät' auch nicht langen. Wir müßten doch wenigstens dreißig Gulden haben, wenn wir uns ein Quartier nehmen wollten.«

»Sie hab'n recht«, sagte er niedergeschlagen. »Aber mich freut's, daß Sie nichts dagegen hätten – und mit mir gehn möchten.«

»Warum denn nicht?« erwiderte sie und blickte zu Boden. »Zwei so alte Leut' –«

»Na, gar so alt sein wir doch nicht. Wenn wir g'sund wären, möchten wir beide unsere Jahr' nicht spüren. Sie nicht und ich nicht. Denn seh'n S', Frau Weigel, wir zwei haben ja nie was g'nossen. Unser' Jugend ist unterdruckt worden – drum ist sie auch noch in uns. Mir wenigstens ist jetzt, als wär' ich zwanzig Jahr' alt, und ich spür' fast meine Schmerzen nimmer.«

Sie schwieg eine Weile. Dann sagte sie: »Ich kann mir's eigentlich auch nicht recht denken, daß ich schon zweiundfünfzig bin.«

»Sie schaun auch nicht danach aus. Denn wie ich g'sagt hab': Sie sind noch immer schön – und ich hab' Sie noch immer so gern wie damals.«

Sie schlug die sanften blauen Augen langsam zu ihm auf. »Was nutzt's«, sagte sie mit einem leichten Seufzer. »Wir können jetzt ebensowenig zusamm'kommen wie damals.«

»Aber wir sind doch beisamm'. Wir können uns ja jeden Tag sehn und miteinander reden.«

»Reden nicht. Wenigstens nicht in der ersten Zeit. Denn wenn die andern merken, daß wir uns von früher kennen und gut miteinander sind, möchten s' uns gleich verfolgen. Bei uns ist ja der Neid und der Haß z' Haus'. Es kann's keiner sehn, daß der andere eine Freud' hat.

Und gar der Weißeneder und die Professerstochter, die möchten uns das Leben völlig verleiden.«

»Wahr is«, sagte er traurig. »Wir haben ein eigenes Schicksal. Aber ich will mit dem Anschaun z'frieden sein. Denn ich bin schon glücklich, wenn ich das liebe gute G'sicht vor mir hab'. Und denken kann ich ja auch den ganzen Tag an die Rosi – und glauben, daß sie mich auch noch ein bissel gern hat. Net wahr?« Er strich ihr sanft über die von dem Kopftuch halbverhüllte Wange.

Sie schwieg. Aber in diesem Schweigen lag für ihn ein unsägliches Glück –

So standen jetzt die beiden inmitten der Gräber. Die Hyazinthen und Narzissen dufteten; zwei frühe Schmetterlinge gaukelten darüber hin. Und ringsum leuchtete der goldene Nachmittag, während am Horizont weiße schimmernde Wolken in das helle Blau des Himmels emportauchten.

IV

Sie waren, damit es nicht auffalle, jedes allein nach Hause gegangen, nach langer, langer Zeit mit einem Gefühl des Glückes in der Brust. Und da sie an Entbehren gewöhnt waren, so genügte es ihnen auch, daß sie sich nun öfter und öfter sehen und einander mit den Augen zulächeln konnten. Denn es wurde ja jetzt wirklich Frühling, und die alten Fliederhecken im Garten standen, vom warmen Sonnengold umglänzt, in voller Blüte. Und da saßen und gingen die Bewohner des Armenhauses wieder im Freien herum. Die Frauen waren in der Mehrzahl und hielten sich in jeweilig befreundeten Gruppen zusammen. Nur das Fräulein Hanstein fand das unter ihrer Würde und blieb zumeist in dem leeren Zimmer, wo sie ihren Freund ungestört empfangen konnte. Die Rosi aber hatte sich an ein altes Weiberl angeschlossen, das Hofbauer hieß und mit einer großen verhärteten Balggeschwulst an der rechten Seite des Halses behaftet war. Trotzdem zeigte sich die kleine schmächtige Greisin noch beweglich und rührig und half der Rosi in allem, was diese allein nicht zu leisten vermochte. Sie war ihr beim Ankleiden behilflich, reinigte für sie Zimmer und Gang, kochte für beide Kaffee und holte aus der nächsten Wirtschaft das gemeinsame Mittagsmahl herüber, das aus Suppe und etwas Gemüse bestand. Fleisch konnten die Ärmsten ja nicht erschwingen. Dennoch erholte und kräftigte sich Rosi zusehends, und Schirmer hatte die Freude, wahrzunehmen, wie sie von Tag zu Tag beweglicher wurde. Auch mit den Händen schien es besser zu werden; denn er sah, daß sie schon ab und zu Strickversuche machte, wobei sie freilich mit dem Halten der Nadeln große Mühe hatte.

Eines Tages, als sich Schirmer zufällig allein im Herrenzimmer befand, erschien ein Postbote und überbrachte ihm einen Brief, dessen Empfang er bescheinigen mußte. Er war sehr überrascht, denn er konnte sich gar nicht erklären, wer ihm geschrieben haben sollte. Doch nicht etwa seine Frau? Als er aber zögernd und prüfend das Kuvert betrachtete und darauf die Amtsstampiglie eines Wiener Advokaten bemerkte, erschrak er heftig. Sollte es sich da um etwas Rückständiges, Vergessenes aus früherer Zeit handeln, das jetzt mahnend und fordernd an ihn herantrat? Mit zitternder Hand entfaltete er den Brief. Als er ihn aber gelesen hatte, bebte er am ganzen Leibe. Doch nicht aus Angst, sondern aus Freude. Er mußte sich setzen, sonst wäre er vielleicht umgesunken. Denn der Advokat schrieb, daß der Wiener Bürger Jakob Bürdell im Jahre 1831 eine Stiftung für verarmte Familienmitglieder errichtet habe, die den Namen Bürdell führen oder mütterlicherseits mit ihm zusammenhängen. Diejenigen, so diese Stiftung genossen hatten, seien im Laufe der Jahre mit dem Tode abgegangen; zuletzt ein altes Ehepaar, das vor kurzem fast gleichzeitig gestorben sei. Da sich schon seit langem niemand mehr um eine Präbende gemeldet, so habe er, der Advokat, als Rechtsanwalt der Stiftung, es für seine Pflicht erachtet, Nachforschungen anzustellen, da sonst das zu ziemlicher Höhe angewachsene Stiftungsvermögen dem Fiskus anheimfallen würde. Dabei habe er nun ermittelt, daß die Mutter Schirmers eine geborene Bürdell gewesen und daß nunmehr ihrem Sohne, da dieser gänzlich verarmt sei, der Anspruch auf eine Präbende von jährlich sechshundert Gulden zustehe. Schirmer möge daher in der nächsten Woche sich in der Advokaturskanzlei einfinden, wo man alles Weitere besprechen und veranlassen werde.

Der saß noch immer da, das Blatt in den Händen. Er las es wieder und wieder, denn er traute seinen Augen nicht; es war ihm, als hätte er einen Schlag vor den Kopf bekommen. Aber keinen schmerzenden, sondern einen, der ihn in einen wonnigen Taumel versetzte. Nein, das Glück! Sechshundert Gulden aufs Jahr! Sollte das wirklich möglich sein! Aber da stand's ja schwarz auf weiß. Daß ihm auch seine Mutter nie von dieser Stiftung gesprochen hatte! Freilich, sie waren ja wohlhabende Leute damals, und da brauchte man an derlei nicht zu denken. Jetzt aber gab es kein Hindernis mehr, daß er und die Rosi zusammenziehen konnten in eine kleine hübsche Wohnung, irgendwo in einem billigen Vorort. Das sollte ein Leben werden! Und sie war ja auch fast gesund. Erst kürzlich hatte er wahrgenommen, daß sie die Zimmerfenster scheuerte. Sie konnte also auch schon ihre Hände wieder gebrauchen. Und so mußte sie es auch gleich erfahren, was für ein unverhofftes Glück ihnen jetzt bevorstand. Wenn er sie nur für einen Augenblick sehen und ihr rasch alles sagen könnte! Er schob den Brief sorgfältig in die Brusttasche und eilte die Treppe hinunter in den Garten. Dort saßen einige Weiber, aber die Rosi war nicht darunter. Er ging auf und ab in der Erwartung, daß sie vielleicht kommen würde. Aber sie kam nicht. In seiner Unruhe trat er unter die Einfahrt und blickte nach rechts in den Gang der Weiberabteilung hinein. Er war leer und still. Jetzt aber ging eine der beiden

Zimmertüren auf, und Rosi trat heraus, einen irdenen Krug in der Hand.

Sie näherte sich, ohne ihn zu gewahren, der Wasserleitung und drehte den Hahn. »Rosi!« rief er gedämpft. Sie erschrak und wandte sich um. »Erschrecken S' nicht«, flüsterte er. »Ich hab' Ihnen was zu sagen.«

»Was denn?« fragte sie leise.

»Etwas sehr Gutes. Aber so in der Eil' kann ich nicht alles herausbringen. Wär's denn nicht möglich, daß wir eine Viertelstund' lang miteinander reden könnten?«

»Ja, wo denn?«

Er dachte einen Augenblick nach. »Wissen S' was, kommen S' heut nachmittag um viere zur Barbarakapell'n in der Krottenbachstraßen. Dort gehen immer nur wenig Leut'. Und weit ist's auch nicht.«

»Weit ises nicht«, sagte sie zögernd. »Aber –«

»Kommen S' nur«, drängte er. »Es trifft sich ja auch gut, daß heut' der Weißeneder und die Hanstein ein' Ausflug g'macht haben. Ins Krapfenwaldl. Dort wollen s' z' Mittag essen. Denn es ist heut ihr Namenstag, und sie wird vielleicht irgendwoher ein Geld 'kriegt haben. Also um viere wart' ich auf Sie bei der Kapellen. Ich hab' Ihnen wirklich was Wichtig's zu sagen. Ich hoff, Sie werden eine Freud' haben, Rosi.« Er sah sie dabei dringend und flehend an.

Sie zögerte noch. Endlich sagte sie: »Na ja, ich werd' kommen. Aber jetzt gehn S'«, fuhr sie flüsternd fort und legte den Finger an den Mund, »mir scheint, ich hör' wen.« Wirklich knarrte die zweite Tür.

Er war schon fort, als zwei Weiber heraustraten, die sahen ihn also nicht mehr. Er aber ging jetzt in die kleine schlechte Wirtschaft, um wie gewöhnlich dort zu essen. Er konnte jedoch kaum einen Bissen hinunterbringen, so aufgeregt war er. Und nachher mußte er wieder Karten spielen. Sie waren heute wieder nur zu drei, und die Mitspieler dachten ihn tüchtig zu rupfen. Aber merkwürdig; er, der sonst immer verlor, gewann heute in einem fort. Das ärgerte die beiden Kumpane, und endlich warf der fallierte Gemischtwarenhändler Wufka heftig die Karten auf den Tisch und schrie: »Der Schirmer hat heut ein Sauglück, ich spiel' nicht weiter!«

Darüber war er natürlich sehr froh und machte, daß er in die Krottenbachstraße kam. Es war noch nicht viel über drei Uhr, und er konnte noch lange warten. Es war ein heißer Juninachmittag, und die weitgedehnte Straße lag im grellen Sonnenschein da. Die Häuser schienen ausgestorben, kein Wagen fuhr. Auch von der angrenzenden Türkenschanze kein Laut. Denn die Kinder, die dort auf den grasigen Abhängen zu spielen pflegten, waren noch in der Schule. Das heiße Licht und der weiße Straßenstaub, der es zurückwarf, blendeten ihn und taten seinen Augen weh. Er schritt bis zu der ziemlich weit oben liegenden Kapelle und noch ein Stück darüber hinaus. Da sah er ein kleines, abseitiges Wirtshaus, das er wohl so vom Vorübergehen kannte, in das er aber niemals hineingegangen war. Es lag feldeinwärts an der Straßenerhöhung und war mit einem terrassenförmigen Vorgärtchen versehen, in welchem Tische und Stühle standen. Auch hinter dem Hause befand sich ein schmaler Garten mit schattenden Wipfeln. Diese Gastwirtschaft, in der man auch Kaffee und Milch bekam, war an Wochentagen fast gar nicht besucht, nur an Sonn- und Feiertagen fielen oft zahlreiche Gäste ein, meistens Ausflügler, die hier ein Gabelfrühstück oder bei der Rückkehr ein spätes Nachtmahl einnehmen wollten. »Dahinein werd' ich mit der Rosi gehn«, dachte Schirmer. »In dem hinteren Garten ist es einsam, und da können wir alles ungestört miteinander bereden.« Er freute sich, daß er die Entdeckung gemacht hatte, und kehrte wieder um. Es dauerte aber noch eine gute Weile, bis er endlich die Erwartete von weitem kommen sah. Sie ging nicht sehr rasch und hatte ein verwaschenes blaues Kopftuch zum Schutz gegen die Sonne tief ins Gesicht hineingezogen. Er eilte ihr entgegen.

»Da bin ich«, sagte sie, seinen Gruß erwidernd, »wenn uns nur niemand sieht.« Dabei blickte sie ängstlich hin und her.

»Wer sollt' uns denn sehen?« erwiderte er. »Und wenn auch, es liegt nix mehr dran. Kommen S' nur mit. Ich hab' ein gutes Platzl gefunden; wo ich Ihnen alles sagen kann.«

Sie begriff nicht, was er eigentlich vorhatte, und schritt zögernd an seiner Seite hin. »Da ist die Kapellen«, sagte sie, als sie davor angelangt waren.

»Ja, das ist sie. Aber wir gehn noch ein Stückel weiter«; er wies gegen das kleine Haus hin. »Dort oben setzen wir uns im Garten nieder.«

»Das ist ja ein Wirtshaus«, sagte sie.

»Freilich ist's eins. Und da können wir gleich eine Jausen nehmen.«

»Ich hab' mein bissel Kaffee schon trunken«, warf sie ein.

»Das macht nichts. Sie können noch ein' zweiten trinken. Oder ein Glas Bier. Das werden S' bei der Hitz' schon vertragen.«

»Aber ich weiß gar nicht –« Sie sah ihn unschlüssig und forschend an.

»Werden S' schon erfahren. Kommen S' nur, Frau Weigel.«

Und so schritten sie jetzt die acht oder zehn Stufen empor, die an dem Vorgärtchen vorbei ins Haus und in den rückwärts gelegenen Garten führten. Sie setzten sich an einen der letzten rohgezimmerten Tische. Eine angenehme, dämmerige Kühle umfing sie.

Is da nicht schön«, sagte er, »unter die alten Nußbäum'?«

»Ja«, erwiderte sie und schob ihr Kopftuch zurück, so daß die weiße Stirn und zwei schlichte, aber noch immer füllige Haarscheitel zum Vorschein kamen. Er sah sie an und wollte etwas sagen. Aber da erschien ein verschlafen aussehender Bursch in Hemdärmeln und fragte nach ihrem Begehr.

»Bringen S' derweil eine Flaschen Bier«, sagte Schirmer.

»Abzug oder Lager?«

»A Lager! Wir brauchen nicht zu sparen«, fügte er, zu Rosi gewendet, hinzu, als der Bursch fort war. Die Rosi aber blickte noch immer unsicher und verlegen vor sich hin und nestelte an den dünnen Trikothandschuhen, die sie trug. Alte, zurückgelegte Waren, wie sie im Ausverkauf um ein paar Kreuzer zu haben war.

Als das Bier auf dem Tische stand, öffnete Schirmer den Verschluß der Flasche und füllte die Gläser.

»Für mich net so viel«, sagte Rosi abwehrend, »ich bin's nicht g'wohnt.«

»Ach was«, erwiderte er. »Also jetzt anstoßen!« Er hob sein Glas und hielt es ihr entgegen. Sie tat ihm Bescheid und trank, aber eigentlich nur so den Schaum weg. Er jedoch leerte sein Glas fast mit einem Zuge, denn durch die Hitze und Aufregung war er sehr durstig geworden; die Zunge hatte ihm schon an dem Gaumen geklebt. »So.

Und jetzt!« sagte er mit einem tiefen Atemzug und holte den Brief des Advokaten aus der Brusttasche hervor. Dann rückte er sich auf der Bank zurecht und begann den Brief langsam und deutlich vorzulesen. »Na, was sagen S' denn jetzt, Frau Weigel?« fragte er, als er fertig war.

Sie war ganz blaß geworden, und ihre Hände zitterten. »Was soll ich denn sagen? Es ist ein groß's Glück für Sie, Herr Schirmer.«

»Und für Sie auch! Denn jetzt können wir aus dem höllischen Haus fortkommen und miteinander wirtschaften.«

Sie schwieg. Doch da er sie, auf eine Antwort harrend, dringend ansah, so sagte sie endlich: »So sollt's doch wahr werden?«

»Freilich! Es kommt nur drauf an, ob Sie wollen?« Er suchte in ihrem Antlitz zu lesen, und da fand er auch, daß sie wollte, obgleich sie nichts erwiderte und die Augen auf die Tischplatte gesenkt hielt. »Na also«, fuhr er fort, »Jetzt haben wir nur mehr eine Wohnung z' finden, die für uns paßt.«

»Ich wüßt' schon eine«, sagte sie nachdenklich.

»So? Wo denn?«

»In Salmannsdorf. Dort hab' ich eine Tant'! Ein arm's Weib, obwohl s' ein klein's Haus hat. Solang ihr Mann glebt hat, der als Anstreicher ein' guten Verdienst g'habt hat, haben s' auch allein drin g'wohnt. Aber seit er tot ist, muß sie eine Partei 'neinnehmen. Und da hat s' halt ihr Kreuz. Denn der Zins wird oft schuldig blieben oder gar net 'zahlt. Und da wär sie g'wiß froh, wenn s' ein paar ordentliche Leut' in die Wohnung krieget.«

»Und ist die Wohnung sauber?«

»Wie ich sie kenn', ist sie ganz gut. Zimmer, Kammer und Kuchel. Ein Gartl ist auch dabei.«

»Das wär' ja grad, was wir brauchen täten. Und aufm Land lebt sich's auch schöner als in der Stadt, wo wir doch in so ein Zinshaus für kleine Parteien ziehen müßten und eine Menge Nachbarn hätten – weiß Gott, was für eine.«

»Freilich. Und die Tant' ist auch ein seelengutes Weib. Wenn ich g'sund g'wesen wär' und ein bißl was hätt' leisten können, hätt's mich auch zu sich g'nommen, obwohl für mich eigentlich kein Platz g'wesen wär'. Denn sie hat mit ihrer Tochter selber nur ein ganz kleines Zimmerl.«

»Na, alsdann. Da gehn wir halt miteinander nach Salmannsdorf und schaun uns die G'schicht' an.«

»Ich hab' eh schon immer die Tant' heimsuchen wollen.«

»Wissen S' was? Gehn wir gleich morgen. Morgen ist Sonntag, und da wird's auch der Tant' ganz recht sein, wenn wir kommen. Wir können uns wieder bei der Kapellen z'sammfinden. Aber schon in der Früh', daß wir nicht in die große Hitz' hineinkommen.«

»Erst geh' ich in die Mess' mit der Hofbauer«, sagte sie.

»Recht ist's. Beten S' für uns. Wir müssen auch unserm Herrgott danken, daß er uns ein so unverhofftes Glück g'schickt hat in unserm Elend. Lang g'nug haben wir's ertragen müssen, aber jetzt wollen wir, soweit's noch geht, froh und zufrieden leben.« Er legte seine Hand sanft auf die ihre. Sie fester anzufassen oder gar zu drücken, wagte er nicht, denn er fürchtete der Rosi weh zu tun.

»Meine Händ' sind auch schon besser«, sagte sie still.

»Sehn S', ich hab's g'sagt. Aber lassen S' einmal schaun.«

Er zog ihr leise und vorsichtig den Handschuh von der Rechten und blickte forschend auf die Hand nieder, die nach und nach zum Vorschein kam. Sie hatte die krankhafte Mißfarbe verloren und erglänzte fast rosig. Aber gerade dieses Glänzen der Haut und eine stark gerötete Schwellung an den Fingerspitzen zeigten, daß die Hand noch immer nicht gesund war. »Und weich ist sie auch schon«, sagte er mit zartem Drücken. »Sie haben immer eine so schöne Hand g'habt, Rosi.«

Sie erwiderte nichts, ließ ihm aber die Hand, die er in der seinen behielt. Und da fühlte er sich durchrieselt wie damals, als er sie zum ersten und einzigen Mal ergriffen hatte. Und es kam ihn an, sich darauf niederzubeugen und sie zu küssen. Aber er zagte wie damals und sagte nur innig: »Rosi!«

Er sah, wie sie ganz blaß wurde, und fühlte, daß ein leichter Schauer durch ihren Körper ging. Und da rückte er unwillkürlich dicht an sie heran und sah ihr mit den ehrlichen braunen Augen tief in die sanften blauen, in die ein feiner, feuchter Schimmer getreten war. So weilten jetzt die beiden, von einer späten, vielleicht letzten Wallung ihres Blutes ergriffen. Er hörte ihr Herz schlagen, und sie vernahm seine tiefen Atemzüge, die heiß an ihre Wange drangen. »Rosi!« flüsterte er mit bebender Stimme. Sie schloß die Augen. Und da war es, als suchte sein Mund den ihren –

Plötzlich fuhren sie auseinander; Schritte waren vernehmbar geworden. Und vor ihnen standen in einiger Entfernung der Weißeneder und die Hanstein. Er in einem verschossenen karierten Sommeranzug, sie in einem hochgeschürzten alten Musselinkleid, auf den ungleich gefärbten Haaren einen zerknitterten, mit allerlei buntem Zeug überladenen Strohhut; in der Hand hielt sie einen großen Strauß von Wiesenblumen. Er aber hatte die seine in die Seite gestemmt und betrachtete mit giftigem Behagen das überraschte Paar, während seine Begleiterin hochmütig die schadhaften falschen Zähne fletschte.

»Ah, dahier bleib'n mir net!« sagte endlich Weißeneder mit lauter Stimme. »Kommen S', gehn m'r ins Vorgartl.« Und die beiden wendeten sich mit einem letzten verachtungsvollen Blick und verschwanden.

Der Schirmer aber und die Rosi waren noch immer wie versteinert. Endlich sagte diese mit tonloser Stimme: »Mein Gott, wie sein denn die herkommen?«

»Das weiß der Teufel«, erwiderte er.

»Daß uns grad die haben sehen müssen!« jammerte sie.

»Na, was is' denn weiter!« sagte er, sich gewaltsam fassend.

»Ich scham' mich soviel«, fuhr sie fort und blickte zur Seite.

In Wahrheit schämte er sich auch. Aber er erwiderte: »Was haben wir uns denn zu schamen? Und grad vor denen da! Die zieh n ja immer miteinander herum, die zwei alten Vogelscheuchen.«

»Na ja, aber –«

»Kein ›aber‹, liebe Rosi. Wir sind einig miteinander, und da hat auch kein Mensch mehr was zu sagen.«

»Sie wer'n schon sehn, was die zwei tun wer'n.«

»Was können's denn tun?« brauste er auf. »Und wenn's uns etwa die letzten Tag' in der Versorgung verbittern möchten, so bin ich noch da!« Er schlug mit der Faust auf den Tisch. Bei ihm bewährte sich jetzt das Sprichwort, daß Gut Mut gibt.

»Nehmen's Ihnen nur vor dem Weißeneder in acht, das ist ein böser Mensch.«

»Das weiß ich. Ich hab' g'nug von ihm hinunterschlucken müssen. Aber jetzt soll er mir nur kommen.«

Sie machte eine ängstliche Gebärde und wollte etwas sagen, aber es war, als brächte sie es nicht heraus.

In diesem Augenblick erschien der Bursch wieder, um nachzusehen.

»Noch a Flasch'n Bier!« rief ihm Schirmer zu. »Und habt's was z' essen?«

»An Käs und a Salami.«

»Also bringen S' a Salami. Und a paar Brot!« Und als der Bursch abging, wandte er sich an Rosi: »Wissen S', ich hab' ein' Hunger, denn ich hab' den ganzen Tag vor lauter Aufregung kein' Bissen 'nunterbracht. Und Sie werden doch auch ein bissel was nehmen!«

Sie schüttelte den Kopf. »Ich hab' gar kein' Appetit.«

Er faßte wieder ihre Hand. »Aber sein S' doch nicht so niederg'schlagen, Rosi!«

Sie schwieg und seufzte tief auf.

»Aber gehn S', Sie machen mich ja ganz traurig. Und wir sollten doch lustig sein!«

Sie bemühte sich zu lächeln, aber sie vermochte es nicht.

Als jetzt das Angeschaffte gebracht wurde, fragte Schirmer: »Sein die zwei noch im Vorgartl?«

»Grad sein s'weggangen. Sie haben bloß an Kaffee trunken.«

»Gut is. Ich werd' auch gleich zahl'n.« Er tat es und gab sogar ein Trinkgeld, das er von seinem Spielgewinst nahm; im übrigen sah es mit seiner Kasse nicht zum besten aus, denn es war ja schon der zweiten Hälfte des Monats.

Jetzt bat er die Rosi, doch etwas zu nehmen; sonst würd' es ihm, wie er sagte, auch nicht schmecken. Ihr zuliebe nahm sie zwei Schnitten auf den Teller und brach ein Stückchen vom Brot weg. Aber sie mußte sich Gewalt antun, während Schirmer mit Heißhunger zu essen begann.

Die Sonne war inzwischen schon tiefer gesunken und warf von Westen her einen rötlichen Strahl durch die Wipfel, in denen ein paar kleine Vögel zwitscherten.

Als Schirmer fertig war und auch das Bier schon zur Neige ging, sagte Rosi: »Ich glaub', wir gehn jetzt.«

»Naja«, erwiderte er, sein Glas ausschlürfend. »Aber bereden wir gleich alles wegen morgen.«

»Mein Gott, ich hab' schon völlig die Lust verloren –«

»Wär' nicht übel! Das gibt's nicht. Wir haben's uns vorg'nommen und werden uns die Freud' nicht verderben lassen. Kurzum: Wir treffen uns morgen früh um achte bei der Barbara-Kapellen.«

»Um achte noch nicht. Da fangt erst die Mess' an, und die versäum' ich morgen um keinen Preis.«

»Na, also um Neune. Ist auch noch Zeit genug, wenn's da auch schon ein bissel heiß ist. Wir gehn halt recht langsam hinüber.«

Es schien, als wollte sie noch etwas einwenden; da sie aber erkannte, daß er nicht abzubringen war, so stimmte sie schweigend zu. Darauf erhoben sich beide und traten den Heimweg an. Während des kurzen Weges wollte die Rosi immer etwas sagen, aber sie brachte es nicht übers Herz.

So waren sie bei dem Hause angelangt, in das die Rosi gleich hineinging. Er aber kehrte wieder um, gegen die Türkenschanze zu. Denn trotz des Mutes, der ihn angewandelt hatte, war er infolge seiner Natur auch wieder etwas zaghaft geworden und wollte nicht gleich mit dem Weißeneder zusammentreffen. Er ging bis zu dem kleinen erhöhten Rondell, wo unter schmächtigen, spärlich belaubten Ahornbäumchen mehrere Holzbänke angebracht waren. Dort weilte des Abends immer eine Anzahl von Müttern und Kindermägden, kleine Rollwagen vor sich, in denen jüngste Sprößlinge sanft schliefen, während ältere sich lustig auf den umliegenden

Sandhaufen tummelten. Auch liebende Paare gab es oft, die hier die frische Abendluft genossen. Er fand noch ein Plätzchen und dachte still darüber nach, was nun alles geschehen würde. Und obgleich es ihm auch nicht mehr ganz leicht ums Herz war, so freute er sich doch auf den morgigen Tag, den er mit der Rosi in Salmannsdorf verbringen würde – noch mehr aber auf die Zukunft. Die Rosi jedoch saß auf ihrem Bett und begann leise zu weinen. Das Zimmer, in dem sie sich befand, war leer, denn die anderen Weiber, auch die Hofbauer, weilten noch im Garten. In dem anstoßenden kleineren Zimmer aber zankte die Hanstein mit einer hinfälligen, schwindsüchtigen Person, die ihr die Dienste einer Kammerzofe leisten mußte.

V

Als Schirmer nach Hause kam, lag Weißeneder schon im Bett und schien zu schlafen. Von den anderen Zimmergenossen hatte sich der eine gegen Abend mit der Bahn nach Klosterneuburg begeben, wo er Bekannte hatte, bei denen er den morgigen Sonntag zubringen wollte. So saß Herr Wufka allein am Tische bei einem Glase Bier und rauchte seine Pfeife. Schirmer begrüßte ihn flüchtig und trachtete gleich ins Bett zu kommen. Denn er fühlte sich sehr ermüdet und verspürte ziehende Schmerzen im linken Bein, was immer auf einen bevorstehenden Witterungswechsel deutete. Er schlief auch sehr bald ein. Aber schon nach ein paar Stunden erwachte er wieder und konnte keine rechte Ruhe mehr finden. Das Bein schmerzte stärker, und die Gedanken begannen in seinem Kopfe herumzugehen, während in einiger Entfernung von ihm Herr Wufka die gewohnten Schnarchtöne von sich gab. Und da fragte sich Schirmer auch wieder, was denn die Hanstein und den Weißeneder, die er im Krapfenwaldl vermutet hatte, in das kleine Wirtshaus in der Krottenbachstraße geführt haben könnte. Das hing so zusammen. Die Hanstein war eine Lotterieschwester, die immer auf eine Terne hoffte, obgleich sie niemals im Leben eine gemacht hatte. Trotz ihrer Bildung, mit der sie bei jeder Gelegenheit prahlte, war sie seit jeher sehr abergläubisch gewesen, und so fiel ihr plötzlich ein, daß sie an ihrem Namenstage besondere Chancen habe, auf dem Kieselgrunde des Sieveringer Brünndls unfehlbare Nummern wahrzunehmen. Sie änderte also in zwölfter Stunde das verabredete Ziel des Ausfluges und bestieg mit ihrem Galan einen nicht weit vom Versorgungshause vorüberfahrenden Stellwagen, der das Paar nach Sievering brachte. Dort hielten sie im Gasthause »Zur heiligen Agnes« Mittag und begaben sich dann durch eine kurze Waldstrecke zum Brünndl, wo denn auch die Hanstein mit Hilfe einiger in der Kabbala sehr bewanderter Weiber, die sich an diesem Orte immer geschäftsmäßig herumtrieben, die unfehlbaren Nummern wahrnahm und auf einem Stückchen Papier notierte. Dann ging sie mit Weißeneder tiefer in den Wald hinein, wo sich die beiden an geeigneter Stelle ins Gras niederstreckten und im kühlen Schatten der Buchen zwei Stunden fest schliefen. Als sie erwacht waren, handelte es sich darum, was man jetzt weiter unternehmen sollte. Die Hanstein fand, daß es für heute genug sei. Für morgen aber hatte ihr unternehmender Geist eine Nachfeier ihres Namenstages entworfen. Man sollte schon am frühen Vormittag nach der Stadt fahren und dem Hochamte in der Augustinerkirche beiwohnen. Diese religiöse Feierlichkeit spielte nämlich in ihren unvergänglichen Jugenderinnerungen die größte Rolle. Denn bei einem Hochamte in der Augustinerkirche, dem sie eines Sonntags ganz zufällig beigewohnt, hatte eine sehr hohe Persönlichkeit, die sich im Oratorium befand, mit ihr ein lebhaftes Augenspiel eröffnet. Und dieses Augenspiel setzte sich auch an mehreren folgenden Sonntagen fort, da sie es nunmehr nicht unterließ, jeden Sonn- und Feiertag in der Kirche zu erscheinen. Ja, es verstärkte sich so sehr, daß sie daran die kühne Erwartung knüpfte, es müsse jetzt und jetzt ein Abgesandter erscheinen und im Namen jener hohen Persönlichkeit einen Antrag auf morganatische Ehe vorbringen. Da dies nicht geschah, sondern vielmehr die hohe Persönlichkeit ebenbürtig heiratete und Wien verließ, so mußte sie auf diese Hoffnung verzichten. Sie hielt aber die innere Überzeugung aufrecht, daß hierbei nur die zwingendsten Standes- und Familienrücksichten ausschlaggebend gewesen seien und daß jene Persönlichkeit bis zu ihrem im Laufe der Jahre erfolgten Tode in unauslöschlicher Liebe der Dame in der Augustinerkirche gedacht habe. So wollte sie denn morgen eine süßwehmütige Gedächtnisfeier abhalten, dann mit Weißeneder im Michaeler Bierhause zu Mittag speisen und schließlich den Prater besuchen. Dabei würde allerdings das Geld, das sie, wie Schirmer richtig vermutet hatte, als reichliches Almosen aus der Ferne erhalten, bis zum letzten Kreuzer aufgehen. Aber was lag daran? Wenn sie sich nur einmal wieder so recht unterhalten konnte! Dann mußte man sich eben wieder einschränken. Darum sollte es auch für heute genug sein und gleich der kürzeste Rückweg durch die Weingärten nach Hause eingeschlagen werden. Weißeneder, der infolge seiner Neigung zu Venenentzündungen kein guter Fußgeher war, beantragte zwar zu fahren; sie aber behauptete, daß sie das Gerütteltwerden im Stellwagen nicht gut vertrage, und so machten sie sich auf die Beine und langten endlich auf etwas beschwerlichen Pfaden in der Krottenbachstraße an, wo sie in der einladenden kleinen Wirtschaft eine leichte Erfrischung einzunehmen beschlossen.

Schirmer also konnte lange nicht mehr einschlafen. Endlich so gegen Morgen geschah es. Als er erwachte, stand die Sonne schon hoch am Himmel. Er blickte nach der alten Schwarzwälderuhr an der Wand. Es fehlte nicht viel auf acht. Da hieß es sich sputen, um zu rechter Zeit zu kommen – und nicht etwa gar durch irgendeinen Zwischenfall aufgehalten zu werden. Er wusch sich rasch und begann sich anzukleiden. Er war noch nicht ganz fertig damit, als er zu seinem Erstaunen – von den Plänen der Hanstein wußte er ja nichts – bemerkte, daß Weißeneder, nachdem er sich gestreckt und mehrmals laut gegähnt hatte, gleichfalls vom Lager aufstand und sich zu waschen begann. Das war dem Schirmer keineswegs angenehm, und er trachtete, in aller Eile ohne Gruß fortzukommen. Als er aber die Türklinke ergriff, vernahm er, wie Weißeneder mit barscher Stimme rief: »Schirmer!«

Dieser hielt an und fragte, halb zurückgewendet: »Was wollen S' denn?«

»Wo gehn S' denn hin?«

»Fort geh' ich.«

»Bleib'n S' da!«

Gegen diesen Befehl sträubte sich Schirmer im innersten. Aber das Wort des anderen hatte eine suggestive Macht über ihn, und er blieb stehen. »Warum soll ich denn dableiben?« fragte er zögernd.

»Wo wollen S' denn eigentlich hin?« entgegnete Weißeneder, sein schütteres Haupthaar vor einem kleinen, halberblindeten Hängespiegel mit Kamm und Bürste behandelnd.

Schirmer wußte nicht, was er erwidern sollte. Auf diese inquisitorische Frage war er nicht vorbereitet. Auch hatte er niemals – schon als Knabe nicht – lügen können und war immer gleich mit der vollen Wahrheit herausgerückt, wenn ihm auch diese zum Nachteil gereichte. Eine schöne und seltene Eigenschaft, aber auch ein Beweis großer Schwäche. Diesmal aber wollte er doch nicht gestehen, daß er mit der Rosi eine Zusammenkunft habe, und sagte unsicher: »Ich hab' halt was z' tun.«

Weißeneder begann vor dem Spiegel seine Halsbinde zu knüpfen. »Sie müssen heut' z' Haus' bleiben«, sagte er, ohne umzublicken.

»Warum denn?«

»Weil i fortgeh'. Und es is möglich, daß heut der Bürgermeister inspizieren kommt, und da muß jemand im Herrenzimmer sein.«

»Es ist ja der Wufka da«, erwiderte Schirmer, auf diesen hindeutend, der noch im Bette lag.

»Der hat heut an wichtigen Gang.«

»Aber ich hab' auch einen«, versetzte Schirmer, der jetzt doch schon anfing, gereizt zu werden.

Der andere hatte die Halsbinde geknüpft und drehte ihm die Vorderansicht zu. »So«, sagte er, ihn mit giftigem Hohn angrinsend, »vielleicht gar mit der Weigel?«

Schirmer fühlte, daß es nun ernst werde, und wollte einlenken, damit er nicht gerade jetzt zum Äußersten gedrängt werde. Aber die Galle, die freilich nur die einer Taube war, begann ihm zu schwellen.

»Na, und wenn ich einen Gang mit der Weigel vorhätt'!« stieß er hervor.

»So«, sagte Weißeneder, nahe herantretend und ihn mit den kleinen undurchsichtigen Schlangenaugen anbohrend. »Wie sein S' denn eigentlich mit dem Weib bekannt wor'n?«

Schirmer wand sich förmlich unter diesen Blicken, die ihn ängstigten und doch aufstachelten. »Was geht denn das Ihnen an?« sagte er.

»Eigentlich nix. Sö aber sollten sich schamen.«

»Warum denn?«

»Weil's a Schand' ist, daß Sie mit ihr ins Wirtshaus gehn und sie dort abbusseln.«

»Von abbusseln is ka Red'.«

»So? Glauben S' vielleicht, ich hab's net g'sehn?«

Schirmer konnte nicht mehr an sich halten. »Na«, sagte er herausfordernd, »und wenn Sie's auch g'sehn hätten? Sie haben am wenigsten drüber z' reden!«

»Was?« schrie der andere, die Arme in die Seite stemmend und den knöchernen Schädel mit der vorspringenden Nase zu dem kleineren Gegner niederbeugend.

»Nein, Sie haben gar nix z' reden«, schrie dieser. »Kehren S' den Mist vor Ihrer eigenen Tür!«

»Was? Was?« wiederholte kreischend Weißeneder.

»Ich lass' mich von der Weigel net aushalten, wie Sie von der alten Hex'!«

Das Antlitz Weißeneders verzerrte sich. Er öffnete den weitgeschlitzten zahnlosen Mund, als wollte er Schirmer verschlingen. »Sag'n S' das no' mal, Sö Fallott!« stieß er in pfeifendem Ton hervor.

»Wenn Sie's no anmal hör'n wollen, so sag' i's halt no anmal. Sie lassen Ihnen von der Hanstein aushalten! Ob Sie s' auch abbusseln müssen, das weiß i net. Wann aber einer von uns ein Fallott is, so sein Sie's! Denn i bin net im Kriminal g'sessen.«

Kaum hatte er diese Worte ausgestoßen, als er auch schon einen Schlag ins Gesicht bekam, daß er zurücktaumelte. Es war die erste tätliche Mißhandlung, die er als Erwachsener erlitten; selbst als Kind war er, dank seiner Mutter, körperlich niemals gezüchtigt worden. Einen Augenblick blieb er fassungslos. Dann griff er in ausbrechender Wut instinktiv nach dem Henkelglase, aus dem Wufka gestern abends Bier getrunken, um es als rächende Waffe gegen den stärkeren Feind zu gebrauchen. Er schwang es und stürzte damit auf Weißeneder los. Dieser aber hatte ihn schon mit beiden Händen, die den Fängen eines großen Raubvogels glichen, am Halse gepackt. Ein kurzes, heftiges Ringen entstand, wobei der sehnige Weißeneder den ungelenken und schwerfälligen Angreifer gegen die Wand drückte. Dort hielt er ihn fest, indem er ihm das Knie in die Weiche stemmte. Dabei traf er, ohne es zu wollen, die Stelle, wo Schirmer den alten Schaden am Leibe hatte. Der Bedrängte brüllte laut auf vor Schmerz, es wurde ihm dunkel vor den Augen, und bewußtlos glitt er allmählich unter dem Drucke zu Boden.

»Mein Gott! Was haben S' denn da gemacht!?« schrie Wufka und sprang aus dem Bett, wo er bis jetzt angesichts der beiden Streitenden als sich freuender Dritter verweilt hatte. »Sie hab'n 'n ja um'bracht!« Er beugte sich forschend über Schirmer, der wie tot dalag.

»A was!« sagte Weißeneder, indem er den leise Stöhnenden mit dem Fuße anstieß, »der Kerl wird schon wieder aufstehn!«

Aber Schirmer stand nicht wieder auf. Sie mußten ihn ins Bett tragen und sich entschließen, den Armenarzt zu verständigen. Als dieser endlich erschien, fand er das ganze Haus in Bewegung und wurde ins Herrenzimmer gewiesen. Dort traf er den Schwerverletzten bei halbem Bewußtsein, laut jammernd und in rasenden Schmerzen sich windend. Nach rascher Untersuchung erklärte er, daß es äußerst schlimm stehe; nur von einer unverzüglichen Operation könne vielleicht Rettung erhofft werden. Aber es war zu spät. Schirmer starb während der Fahrt in dem Krankenwagen, der ihn in das Spital bringen sollte.

VI

In einer stillen Nebengasse der von Menschen und Fuhrwerk aller Art dicht belebten Gersthofer Straße, die in die lachenden Gefilde von Pötzleinsdorf hinausführt, befindet sich ein ausgedehntes, klosterähnliches Gebäude mit angrenzendem Garten. An der Stirnseite trägt dieses Gebäude in goldenen Lettern die Inschrift: »*Haus der Barmherzigkeit*«. Und diese Bezeichnung verdient es im vollsten, im eigentlichsten Sinne des Wortes. Denn in seinen weitläufigen Sälen und Zimmern beherbergt es Arme und Hilflose, die mit unheilbaren Übeln behaftet sind. Alle Gebreste und Krankheiten, deren bloßer Name Grauen und Schauder erweckt, sind hier anzutreffen, und die davon Befallenen werden mit unermüdlicher Hingebung von mildtätigen Nonnen betreut, bis sie der Erbarmer Tod von ihren Leiden erlöst. Den meisten geht er grausam jahre- und jahrelang vorüber; aber fast alle tragen ihr schreckliches Los in stummer Duldung, ja oft mit freudiger Ergebenheit, ein Beweis von der Leidensfähigkeit der menschlichen Natur und von der unendlichen Zähigkeit des Willens zum Leben –

Unter diesen Unglücklichen befand sich auch lange Zeit hindurch die arme Rosi.

Sie hatte am Morgen jenes verhängnisvollen Tages andächtig in der Kirche gekniet und den Himmel inbrünstig angefleht, ihr und dem Schirmer gnädig zu sein. Denn sie hatte das Gefühl, daß ihr und ihm ein großes Unheil bevorstehe. Auch war es ihr, als hätte sie eine Schuld auf dem Gewissen. Denn sie hatte Schirmer etwas verschwiegen, das sie ihm hätte mitteilen sollen; aber bei der ihr angeborenen Schämigkeit hatte sie es nicht über die Lippen gebracht. Als sie in die Versorgung aufgenommen wurde, war sie, trotz einer gewissen Schwäche und Hinfälligkeit, die ihre beginnende Erkrankung mit sich brachte, noch eine ganz liebliche Erscheinung gewesen. Als solche erweckte sie die Aufmerksamkeit und nach und nach die senile Lüsternheit Weißeneders. Er stellte ihr Anträge, die sie mit Schrecken und Abscheu zurückwies. Zuletzt unternahm er bei günstiger Gelegenheit einen rohen Angriff, so daß sie um Hilfe rufen mußte. Es war niemand herbeigekommen, aber Weißeneder hatte von ihr abgelassen und sah sie seit jener Stunde, die eine ihren Zustand verschlimmernde Nervenerschütterung zur Folge hatte, nicht mehr an. Sie aber fühlte, daß sie der Mann nunmehr hasse und nur auf eine Gelegenheit warte, um sich zu rächen. Und nun hatte er sie mit Schirmer in dem Wirtsgarten getroffen, was ihm die Genugtuung bot, sie auch verachten zu können. Das schmerzte sie tief. Und jedenfalls würde er nicht säumen, seinen Groll an Schirmer auszulassen, der unter seiner Botmäßigkeit stand. Den mußte sie also, so schwer es ihr werden würde, von allem in Kenntnis setzen, damit er auf der Hut sei.

Mit diesem Vorsatze war sie aus der Kirche weg zur Barbara-Kapelle gegangen, deren Vergitterung nur an ganz bestimmten Festtagen offenstand; heute war sie wie gewöhnlich geschlossen. Sie ging also davor erwartungsvoll auf und nieder. Der Tag hatte sich schon am frühen Morgen sehr heiß angelassen. Eine dumpfe Schwüle brütete rings, und die Sonne, deren Strahlen sengend und stechend niedergebrannt, verschleierte sich allmählich mit trüben Dunstmassen. Der Rosi wurde es ängstlich zumute. Eine bleierne Schwere lastete ihr im Nacken, sie konnte kaum mehr die Füße heben. Ihre kranken Nerven spürten ein herannahendes Gewitter, und wirklich tauchten schon hinter den Höhen des Kahlengebirges dunkle Wolkenspitzen hervor. Sie ließ sich auf eine kleine Rasenböschung in der Nähe nieder. Langsam, schier endlos schlichen die Minuten, schlichen fast zwei Viertelstunden an der Harrenden vorüber. Aber Schirmer kam nicht. Da mußte etwas vorgegangen sein! Eine tödliche Angst befiel sie. Sie erhob sich, um nach Hause zu eilen. Da vernahm sie rollenden Donner, und leichte Blitze zuckten aus dem dunklen Gewölk, das inzwischen höher und höher gestiegen war. Fort! Rasch fort! Aber schon erhoben sich heftige Windstöße, die sie mit entfesseltem Regenguß vor sich hinpeitschten. Als sie, triefend vor Nässe, im Hause anlangte, war das Entsetzliche längst geschehen. Regungslos, fast stumpfsinnig, vernahm sie die Kunde, bis sie endlich mit ausbrechendem Jammer an ihrem dürftigen Bette niedersank –

Die Eindrücke dieses grauenvollen Tages hielten in ihr ungeschwächt vor und waren fast ihre einzige Erinnerung, als sie nach einer Reihe von Jahren mit zum Teil eingeschrumpften, zum Teil entzündlich geschwellten Gliedern und bewegungslosem, starrem Antlitz im Hause der Barmherzigkeit lag. Alles andere schwebte ihr nur undeutlich vor: ihre Kinder-und Jugendjahre, ihre traurige Ehe – ja selbst die Gestalt Schirmers. Die sah sie wie aus weiter, weiter Ferne, von einem lichten Nebelschleier umhüllt. In bösen Träumen aber, die sie bisweilen hatte , wenn sie nach qualvoll durchwachten Nächten endlich einschlief, erschien ihr nicht selten der lange und hagere Weißeneder mit dem frechen Gesicht, der vorspringenden Nase und den kleinen Schlangenaugen. Er streckte die Krallenhände nach ihr aus, und die Hanstein stand dabei und fletschte die schadhaften falschen Zähne. Und dann erwachte sie bebenden Herzens und empfand es wieder als unverzeihliche Schuld, daß sie dem Schirmer nicht alles gesagt und ihn gewarnt habe. Auch von der Zeit träumte ihr öfter, die sie an der Klinik eines berühmten Professors zugebracht. Der hatte sie dort aufgenommen und zwei Jahre lang behalten, um seinen Schülern das langsame und wechselvolle Fortschreiten jener so seltenen, auf einer Verhärtung des Hautzellgewebes beruhenden Krankheit zu demonstrieren, von der sie ergriffen war. Bei diesen täglichen Untersuchungen und Bloßstellungen ihres jammervollen Leibes hatte sie unsäglich gelitten, bis sie endlich auf ihr flehentliches Bitten in das Asyl der Unheilbaren versetzt wurde. Auch die Hofbauer mit der großen Balggeschwulst am Halse erblickte sie zuweilen. Das gute alte Weib hatte mit ihr die Versorgung verlassen, weil ja dort für die Freundin keines Bleibens mehr war, und beide hatten hierauf in einer feuchten, dunklen Kammer bei einer Taglöhnerfamilie gewohnt und ein grenzenlos kümmerliches Dasein gefristet. Und dann erzählte ihr die Hofbauer, daß sich der Weißeneder wegen schwerer körperlicher Verletzung zu verantworten gehabt habe, aber infolge der Aussage des Zeugen Wufka ganz glimpflich davongekommen sei. Nun lebe er nicht mehr; die Hanfstein aber schleppe sich noch auf Krücken herum. Von alledem träumte der armen Rosi, wenn sie nach qualvoll durchwachten Nächten endlich einschlief. Von Schirmer aber träumte ihr seltsamerweise nie. Nur ein einziges Mal – sie wußte nicht recht, ob sie schlafe oder wache – war es ihr, als befände sie sich in seinem Hause an der Donaulände. Sie setzte ihm das Essen vor, und er ergriff ihre Hand. Und da durchströmte sie ein so süßes, so wonniges Gefühl, daß sie hätte aufjauchzen mögen vor Glück. Das war aber in der Stunde, wo sie der große Allerbarmer zu sich rief.